KB116670

인생은 단순한 균형의 문제

sempé

인생은 단순한 균형의 문제

장자크 상페 글 · 그림

이 책은 실로 꿰매어 제본하는 정통적인 사철 방식으로 만들어졌습니다.
사철 방식으로 제본된 책은 오랫동안 보관해도 손상되지 않습니다.

sempé.

Jean-Loup Ricochet
~ 12-6-1946 ~

장루 리코셰. 1946년 6월 12일.

Association Sportive des Biscuiteries Bedin & Fils Frères
~ Saison 1937-1938 ~
3eme du Trophée Barrigout . 4eme du Gd Prix Pervolant

브댕 비스킷 공장 스포츠 동호회. 1937~1938년 시즌. 바리구 컵 3위 · 페르볼랑 그랑프리 4위.

Marie-Laure et Georges (son premier mari)
~ Sept. 70 ~

마리로르와 조르주(그녀의 첫 남편). 70년 9월.

Robert Broulonde (et Madame) de l'Associat^{on} Cycliste de Bourg en Bresse, le 16 Juin 1965. A côté de Paul Lejeune, on distingue Raymond Pragnon qui a beaucoup fait parler de lui depuis ~

1965년 6월 16일, 부르강브레스 사이클 동호회의 로베르 브룰롱드(와 그의 아내).
폴 르죈 옆으로 소문의 주인공 레몽 프라뇽이 보인다.

Christian Poulaud
1er Grand Prix Braderie Broutigny/s/Br
~Sept. 1954~

크리스티앙 풀로. 브루티니 중고 시장 배 그랑프리 1위. 1954년 9월.

Guitou et Riri ~ Mai 48 ~

기투와 리리. 48년 5월.

Peter et Franziska von Sperrland
Chateaux de la Loire, Bourgogne, un peu d'Italie,
de la Bavière, un peu d'Irlande, une grande par-
tie de l'Ecosse. photo mai 1976.

페터와 프란치스카 폰 슈페를란트.
루아르와 부르고뉴, 이탈리아 몇 곳, 바이에른, 아일랜드 일부와 스코틀랜드 대부분의 성들. 사진 1976년 5월.

aoul, Paule (?) et moi. 2 crevais s
ns la journée. quelle journée! Août 3

라울, 폴(?) 그리고 나. 그날 하루를 못 넘기고 바퀴가 터졌다. 정말 굉장한 하루! 39년 8월.

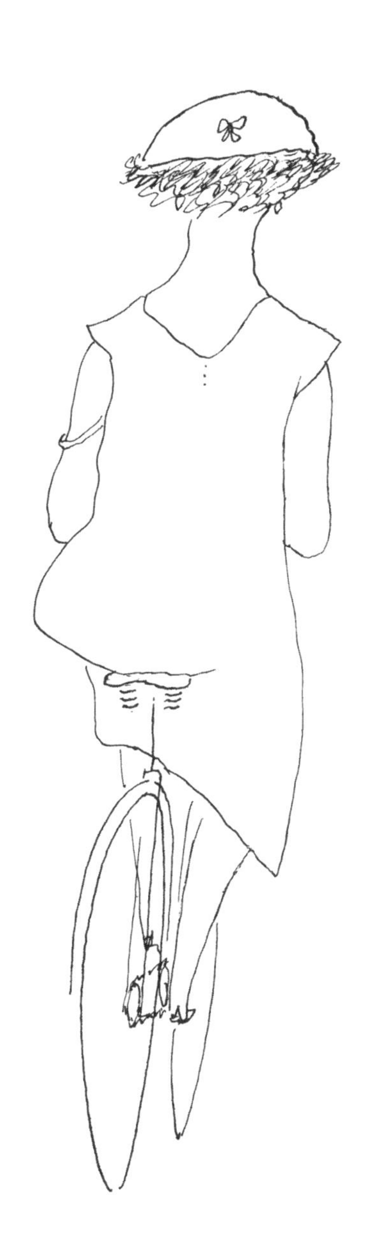

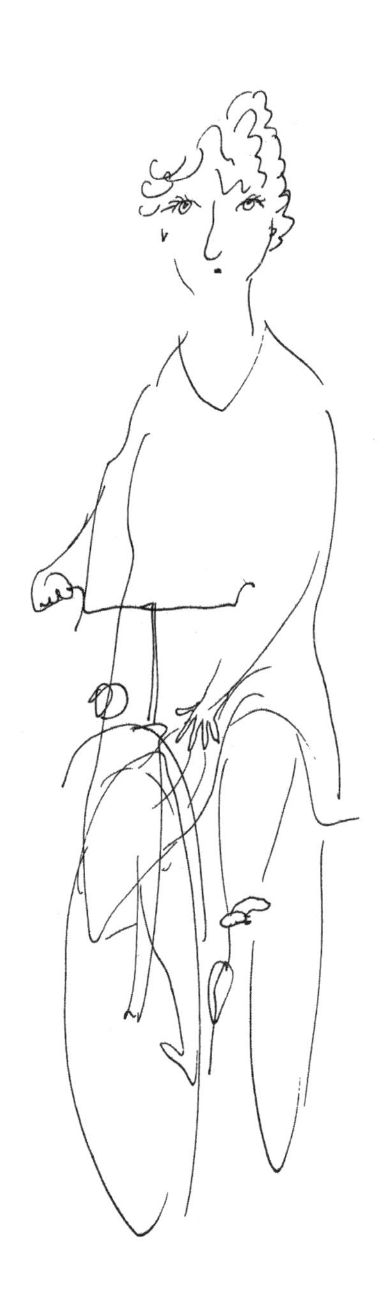

TION
MEUBL
CHO
CO
LAT
CHOAT

La
Paroisse

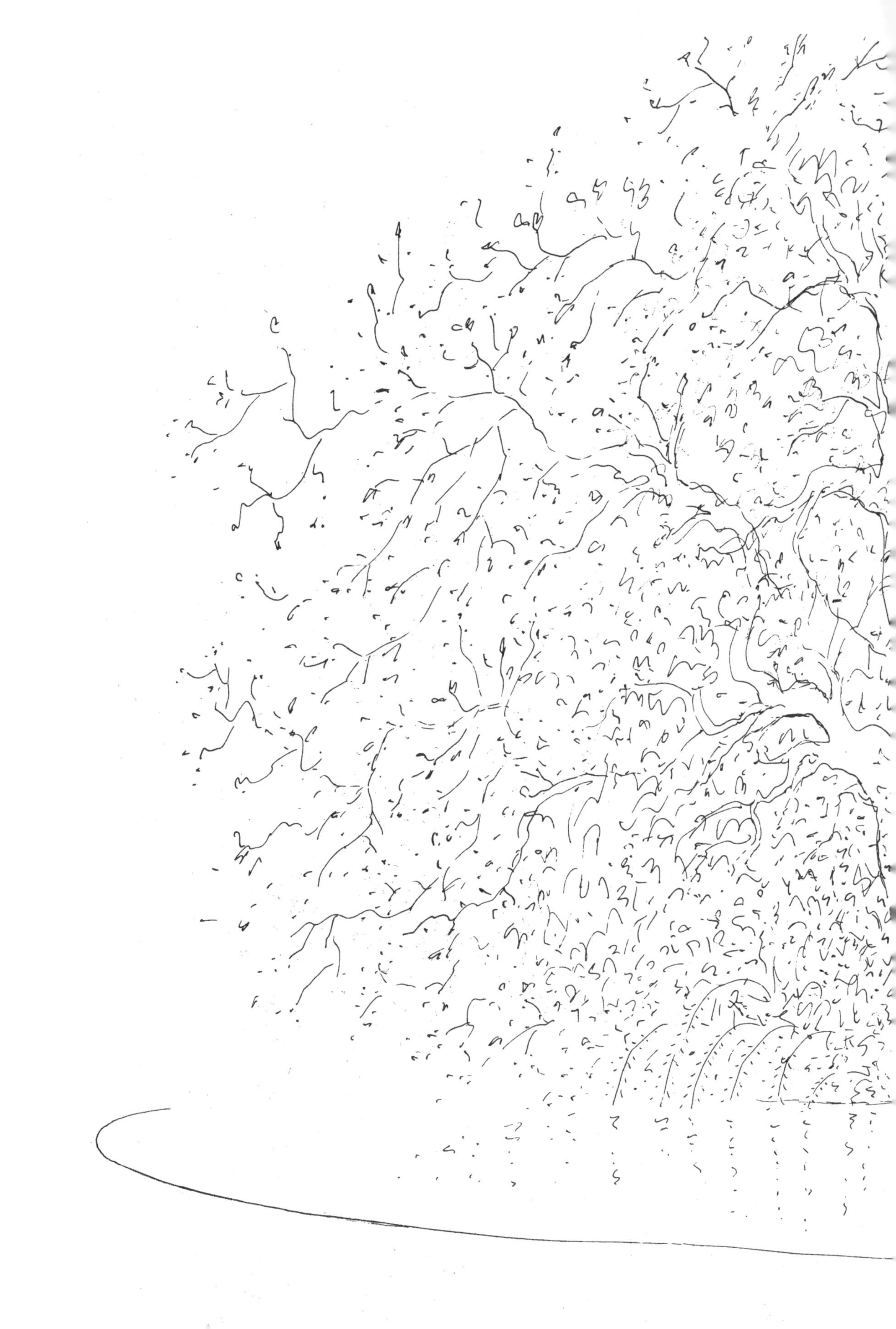

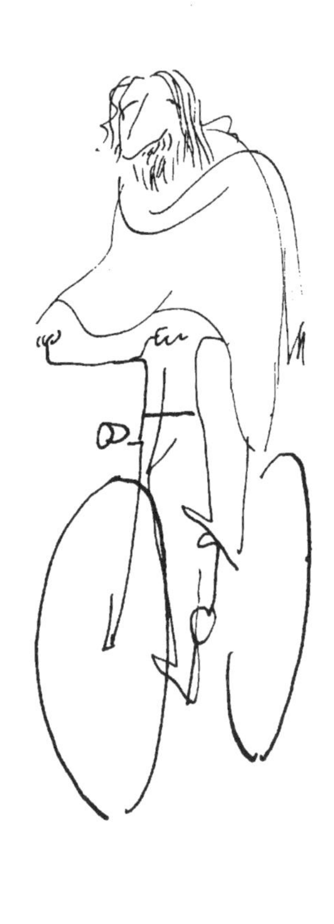

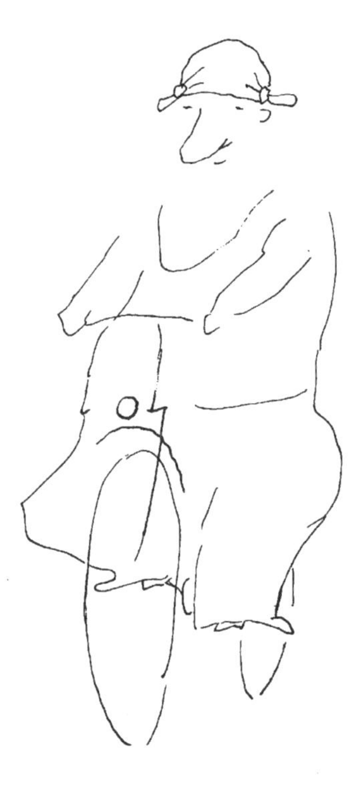

JP

인생은 단순한 균형의 문제

글·그림 장자크 상페 **발행인** 홍지웅·홍예빈 **발행처** 주식회사 열린책들 **주소** 경기도 파주시 문발로 253 파주출판도시 **전화** 031-955-4000 **팩스** 031-955-4004 **홈페이지** www.openbooks.co.kr ISBN 978-89-329-1902-7 03860 **발행일** 2005년 9월 10일 초판 1쇄 2009년 11월 20일 2판 1쇄 2018년 10월 15일 신판 1쇄

이 도서의 국립중앙도서관 출판예정도서목록(CIP)은 서지정보유통지원시스템 홈페이지(http://seoji.nl.go.kr)와 국가자료공동목록시스템(http://www.nl.go.kr/kolisnet)에서 이용하실 수 있습니다.(CIP제어번호: CIP2018025466)